15 FEVR. 1889

Vente des Vendredi 15 et Samedi 16 Février 1889

ANTIQUITÉS ET MÉDAILLES GRECQUES
ET ROMAINES

TERRES CUITES

GRECQUES

POTERIE, VERRERIE ET ORFÈVRERIE

Prix du Catalogue orné de 8 planches : 5 fr.

EXPOSITION : Le Jeudi 14 Février 1889.

ANTIQUITÉS ET MÉDAILLES GRECQUES ET ROMAINES

TERRES CUITES

GRECQUES

POTERIE, VERRERIE ET ORFÈVRERIE

VENTE AUX ENCHÈRES PUBLIQUES

A l'Hôtel des Commissaires-Priseurs, rue Drouot, n° 9

SALLE N° 7

Les Vendredi 15 et Samedi 16 Février 1889

A UNE HEURE ET DEMIE PRÉCISE

Mᵉ MAURICE DELESTRE	**M. H. HOFFMANN**
COMMISSAIRE-PRISEUR	EXPERT
27, rue Drouot, 27.	1, rue du Bac, 1

EXPOSITION

LE JEUDI 14 FÉVRIER DE DEUX HEURES A CINQ HEURES

PARIS, 1889

CONDITIONS DE LA VENTE

La vente sera faite au comptant.

Les acquéreurs paieront *cinq pour cent* en sus des enchères, applicables aux frais.

ANTIQUITÉS

OBJETS ÉGYPTIENS

1 Coiffure d'un dieu, formée de deux plumes et du disque solaire. — Bronze. H 83 mill.

2 Le dieu Khem, ithyphallique et tenant à la main droite levée un fléau. Sa coiffure se compose d'un mortier et de deux plumes. — Bronze. H 103 mill.

3 Horus enfant assis, coiffé du double pschent, la tresse royale à la tempe, l'index de la main droite à la bouche. — Bronze. H 113 mill.

4 Horus enfant assis, nu-tête, l'index de la main droite au menton, les yeux incrustés d'argent. Beau style. — Bronze. H 15 cent.

5 Même sujet, de style plus ancien. Le dieu est coiffé d'un serre-tête, ses yeux sont évidés, son bras droit manque. — Bronze. H 15 cent.

6 Lampe chrétienne en forme de colombe parée d'un
   collier de feuillage. — Bronze d'Alexandrie.
   H 57 mill. L 11 cent.

7 Masque de Vénus, de beau style grec. — Terre cuite
   trouvée dans la Haute-Égypte. H 6 cent.

8 Tête de jeune fille, les cheveux disposés en dix bandes
   parallèles. Même style. — Terre cuite. H 8 cent.

9 Tête d'Attis enfant, coiffée d'un bonnet asiatique. —
   Terre cuite de la Basse-Égypte. H 7 cent.

10 Buste d'une déesse-mère, au type nègre, donnant le
   sein à Bes enfant. Placé sur une corbeille et sur-
   monté d'un goulot, ce buste a servi de lécythe.
   — Terre grise. H 74 mill.

11 Hippopotame femelle. Amulette en terre émaillée
   bleue. — H 3 cent.

12 L'emblème *tat*. Amulette en terre émaillée verte. —
   H 87 mill.

13 Femme nue, à haute coiffure, les jambes assemblées,
   les bras pendant symétriquement le long du corps.
   Ancien style. — Terre émaillée vert et noir.
   H 11 cent.

14 Figurine funéraire (*ushepti*): Femme drapée et parée
   d'un collier, les bras croisés sur la poitrine.
   Légende hiéroglyphique sur le devant de la gaîne.
   — Terre émaillée vert et noir. H 12 cent.

15 Figurine funéraire, coiffée du klaft et tenant dans chaque main un fléau. Légende hiéroglyphique. — Terre émaillée bleu et noir. H 105 mill.

16 Scarabéoïde en terre émaillée verte et en verre multicolore (sujet : le dieu Ra). — Cœur, amulette en terre émaillée verte.

17 Deux amulettes en terre émaillée bleue, représentant l'un une chimère couchée, d'ancien style, l'autre les bustes accolés de deux chimères.

18 Coupe égyptienne en diorite. — H 55 mill. D 134 mill.

VERRERIE

19 Sept flacons en verre blanc, formes variées.

20 Deux petits flacons à panse pomiforme.

21 Flacon à onguent; panse piriforme, belle irisation nacrée. — H 79 mill.

22 Petit flacon moulé, la panse représentant deux masques d'enfants. Pâte verdâtre.

23 Petite coupe, à parois ténues et à rebord creux. — H 58 mill. D 82 mill.

24 Flacon phénicien en pâte vert de mer. Irisation bleu et vert.

25 Flacon à panse cylindrique, se rétrécissant vers le bas; irisation bleu et vert.

26 Lécythe à anse cannelée et munie d'un poucier.

27 Verre à boire, orné de cercles gravés. — H 9 cent.

28 Bocal en pâte verdâtre; parois épaisses, dépressions sur deux faces.

29 Petite coupe, décorée de cercles gravés. — D 8 cent.

30 Verre cylindrique à anse plate et cannelée; cercles gravés sur la panse. — H 10 cent.

31 Flacon à huile; panse pomiforme, deux petites anses.

32 Verre à boire, de forme conique. — H 8 cent.

33 Flacon à panse cylindrique, se rétrécissant vers le bas. Irisation vert et bleu.

34 Flacon à long col; panse hémisphérique, rebord creux. — H 20 cent.

35 Verre à boire, muni d'un petit rebord autour de l'orifice. Irisation nacrée. — H 62 mill.

36 Lécythe piriforme à anse plate et cannelée. Pâte verdâtre. — H 13 cent.

37 Grand verre cylindrique; anse coudée, plate et striée. — H 236 mill.

38 Coupe à rebord très large, les lèvres et le pied creux. — D 147 mill.

39 Amphore à panse sphérique, les anses cannelées. — H 12 cent. .

40 *Prochous* à anse plate et cannelée. — H 175 mill.

41 Grand flacon façonné en tube. — H 218 mill.

42 Verre à boire, pâte jaune pâle. — H 97 mill.

43 Flacon en pâte bleue, panse pomiforme. — H 105 mill.

44 Petit flacon en pâte bleue et. à goulot tréflé. — H 65 mill.

45 Flacon en pâte bleue; panse en forme de coin, goulot tréflé. — H 118 mill.

46 Beau flacon en pâte bleue, pomiforme, le haut de la panse orné de côtes en spirale; goulot en entonnoir. — H 10 cent.

47 Grand balsamaire d'ancien style, en pâtes multicolores. Plumes jaune et bleu sur fond brun; deux oreillettes; rebord entouré d'un fil jaune. — H 17 cent.

48 Balsamaire en pâtes multicolores. Cercles et chevrons blancs et jaunes sur fond brun; rebord contourné d'un fil jaune, deux oreillettes allongées. — H 146 mill.

49 Beau balsamaire en pâte bleu kobalt translucide, incrustée de plumes en pâtes opaques jaune et blanc.
Deux petites oreillettes. — H 128 mill.

50 Amphorisque en pâte blanche translucide, incrustée de
fils opaques (jaune et vert pâle) qui sont disposés
en rubans, en cercles et en chevrons. — H 7 cent.

51 Petite œnochoé en pâte bleu kobalt, le haut de la
panse cannelé. Fils jaunes et chevrons blancs et
jaunes incrustés. — H 55 mill.

52 Très bel amphorisque en pâte bleue transparente,
incrustée de cercles et de chevrons blancs. —
H 105 mill.

53 Grand collier formé de perles, de cylindres et de pen-
deloques multicolores. Plusieurs de ces perles sont
ornées de pastillages.

54 Collier formé de petits cylindres, la plupart en pâte
jaune d'ocre, d'autres en pâte rouge (*haemati-
num*), etc.

55 Petit bracelet.

56 Masque d'acteur comique.

57 Grand poids portant une légende arabe.

58 Dix petits poids à légendes arabes; pâtes verte, bleue
et jaune d'ambre.

POTERIE

Vases peints grecs.

59 Coupe. — Sur le bord extérieur : deux éphèbes nus, armés de flambeaux, courent vers la droite. ℞ Combat de deux éphèbes, armés de lances et se servant de leurs chlamydes en guise de boucliers. — Peinture noire sur fond jaune. D 13 cent.

60 Amphore. — Entre deux Satyres dansant, une joueuse de double flûte, coiffée d'un pilos, est accroupie à droite sur un lit de repos. Elle a le buste nu, et une couronne de feuilles peinte en rouge est suspendue à son bras droit. ℞ Un éphèbe conduisant un mulet (à gauche) s'arrête devant une joueuse de krotales accroupie sur une kliné. Cette femme est vêtue d'un chiton brodé et coiffée d'un pilos. Cep de vigne et ténie dans le champ.

Palmettes autour du col ; à la base, des feuilles lancéolées.

Peinture noire sur fond blanc, rehauts rouges, détails gravés.

H 20 cent.

61 Œnochoé à tableau. — Entre deux Satyres, dont l'un porte un vase à anse surélevée, un jeune homme drapé et couronné est debout et joue de la double flûte.

Fabrique italiote. — Peinture noire sur fond
blanc, rehauts rouges, détails gravés. Vernis noir
brillant.

H 25 cent.

62 Askos plat, trouvé à Chypre. — Cygne devant une
panthère couchée.
Peinture rouge sur fond noir. — H 6 cent.

63 Skyphos. — Autour du col, un rameau de lierre et
une bordure peints en blanc et en jaune. —
Fabrique d'Apulie. H 12 cent.

64 Skyphos cannelé. — Autour du col, une frise de rin-
ceaux entre deux bordures peintes en blanc et en
jaune et en partie gravées. — Apulie. H 116 mill.

65 Skyphos. — Anse façonnée en anneau, panse côtelée
au moyen de six dépressions qui ressemblent à
des patères ombiliquées. — Apulie. H 9 cent.

66 Amphorisque à décor imprimé (ligne d'oves et deux
frises de fleurs de lotus séparées par une grecque).
— Apulie. H 88 mill.

ENVOI DE CONSTANTINOPLE

67 Verre à boire ; belle irisation métallique. — D 75 mill.

68 Grand flacon à panse hémisphérique ; anse coudée,
cercles gravés à la meule. — Verre blanc.
H 12 cent.

69 Coupe en verre verdâtre. — D 135 mill.

70 Verre à boire; panse côtelée au moyen de quatre
   dépressions. Irisation nacrée. — H 86 mill.

71 Coupe à rebord; verre verdâtre, belle irisation vert
   et or. — D 13 cent.

72 Petit flacon côtelé, en pâte vitreuse verte, de fabrica-
   tion arabe. — H 7 cent.

73 Grand vase (*prochous*) en terre à couverte rouge, orné
   de reliefs à la barbotine. Derrière un mulet ithyphallique (à gauche), paré d'un collier de fleurs et
   ouvrant la bouche comme s'il s'amusait à braire,
   marche un homme grotesque vêtu d'une tunique
   courte, le capuchon relevé sur la tête, jambes et
   pieds nus. La tête du grotesque ressemble à celle
   du Polichinelle de la comédie italienne. Dans le
   haut, une guirlande de feuilles. — Anse coudée.

   H 26 cent.

74 Lécythe en forme de Silène couché sur une outre. Le
   bras gauche du Silène enlace le col de l'outre, qui
   fait office de goulot, ses jambes sont croisées, sa
   main droite repose sur le genou, et son front est
   ceint d'un strophium.

   Couverte bruno. — H 13 cent.

   Voir la phototypie.

75 Grand lécythe ayant la forme d'un Harpocrate grotesque, couché sur un lit, accoudé sur deux oreil-
   lers, l'index de la main droite à la bouche, une

petite amphore à huile dans la main gauche. Il est couronné de fleurs et de feuilles, et coiffé d'un boisseau qui sert de goulot au vase. Son costume se compose d'une tunique succincte, pourvue de manches, et d'une chlamyde. Un trou est percé dans l'oreiller supérieur.

Couverte rouge. — H 20 cent.

76 Fillette drapée dans son himation. — Figurine en terre cuite peinte (blanc et ton de chair). — H 97 mill.

77 Enfant couché sur un lit de repos, dans l'attitude des convives antiques. Il porte la chlamyde et tient à la main gauche une grappe de raisin. — Terre cuite. H 74 mill.

78 Femme drapée dans un chiton et un manteau, sous lequel se dissimulent ses bras. Sa tête, ceinte d'une bandelette, s'incline légèrement, son bras gauche est pendant, l'autre replié sur la ceinture.

Figurine en terre cuite, avec traces de coloration. — H 306 mill.

79 Grande statuette en terre cuite, représentant une femme diadémée et drapée dans un peplos sans manches. Son bras droit se lève, l'autre s'avance vers le spectateur.

H 42 cent. — Traces d'engobe et de peinture. La main droite manque.

80 Jolie figurine de jeune fille, couronnée de fleurs, vêtue d'un chiton qui laisse à découvert le sein droit

et le haut du bras, et d'un manteau, sous lequel
se dissimulent les mains. Le bras gauche s'appuie
sur la hanche, la jambe droite se retire en arrière.
Chiton et manteau ont une large bordure rouge.

Coloration usuelle. — H 266 mill.

TERRES CUITES

81 Lampe. — La Fortune assise à g., tenant le gouvernail et une corne d'abondance. — D 74 mill.

82 Lampe. — Deux personnages couchés sur le dos d'un
cheval qui court vers la g. Un troisième personnage est couché sous les jambes du cheval. —
D 67 mill.

83 Lampe. — Couronne de fleurs. — D 66 mill.

84 Lampe. — Deux Amours soutenant une palmette. —
Terre grise.

85 Lampe. — Deux Amours soutenant un masque. —
Terre grise.

86 Lampe. — Couronne de laurier. ℞ Une plante de
pied.

87 Lampe. — Cercles quadrillés, palme et dessins géométriques.

88 Lampe. — Fleuron et double bordure de perles et de
rais.

89 Tête de Bacchus adolescent, coiffé d'une mitre, d'une
couronne fleuronnée et d'une palmette. — Tarente. H 11 cent.

90 Buste nu d'un homme barbu et couronné d'une ténie.
— Tarente. H 11 cent.

91 Tête de Bacchus barbu; ténie frontale et couronne
fleuronnée à larges lemnisques. — Tarente. H
15 cent.

92 Tête de vieillard encapuchonnée. — H 3 cent.

93 Tête de jeune fille couronnée de lierre.

94 Tête de déesse diadémée; réminiscence de l'ancien
style. — Applique. H 75 mill.

95 Tête de jeune fille.

96 Buste de jeune fille drapée, couronnée de feuilles et
de fleurs. — Fragment de figurine. H 89 mill.

97 Buste nu d'un jeune Satyre, la chlamyde nouée autour
du cou et rejetée sur l'épaule g., la tête couronnée
de lierre et de korymbes. Traces de dorure. —
Fragment de figurine. Smyrne. H 78 mill.

98 Nain phallique, vêtu d'une tunique courte, le bras g.
sur la hanche, l'autre levé, les jambes articulées.
Il est couronné d'une ténie et porte une couronne
de fleurs au cou. — H 17 cent.

99 Petit bouclier rond, ayant pour épisème un masque
de Méduse qui tire la langue. — Smyrne. D 49 mill.

100 Deux petites tessères d'Athènes, portant en relief la
    tête casquée, de face, de la Minerve de Phidias.
    — Traces de dorure.

101 Vigneron, en tunique courte, portant à la main dr.
    abaissée une grappe de raisin et sur l'épaule g.
    deux paniers remplis de raisins. — Tanagra.
    H 126 mill.

102 Acteur comique dans le rôle de Papposilène, portant
    l'enfant Bacchus dans ses bras. — Tanagra.
    H 127 mill.

103 Amour adolescent nu, couronné de fleurs et tenant
    de ses deux mains levées un faisceau (peut-être un
    flambeau).
    Ton de chair, d'un rouge vif. — H 27 cent.

104 Cérès éleusinienne, vêtue d'un peplos et coiffée d'un
    boisseau. Ses cheveux descendent en longues
    boucles sur les épaules; ses mains, abaissées symé-
    triquement, tiennent la draperie. — Figurine du
    cinquième siècle. Athènes. H 28 cent.

105 Jeune fille de Tanagra, drapée dans une tunique
    longue et un manteau sous lequel se dissimulent
    les bras. Sa tête, couronnée de korymbes, se
    tourne légèrement à g., son bras g. se replie sur
    la poitrine. Au revers, un graffite.
    Coloration usuelle, base plate. — H 21 cent.

106 Grande figurine de Myrina, représentant un enfant
    nu, au visage souriant, le bras dr. avancé vers le

spectateur, l'autre replié. Il porte une bulle sur
la poitrine et une chlamyde en écharpe.

H 34 cent. — La main dr. manque.

107 Satyre barbu, debout, la jambe g. en avant, la tête
penchée et la bouche entr'ouverte. Il semble
regarder un objet que tenait sa main g. Sa chlamyde, qui porte des traces de peinture rose,
laisse le devant du corps nu et ne recouvre que le
dos et le bras dr., appuyé sur la hanche; l'une
des extrémités de la draperie s'enroule autour du
poignet g. Les périscélides sont placées au dessous
du genou.

Trouvé à Érétria d'Eubée.

Ton de chair; trou à suspension. — H 18 cent.

108 Amour enfant au vol, tenant à la main g. levée un
éventail. Sa chlamyde, agrafée sur les deux épaules,
recouvre la poitrine et le bras g., le bras dr. pend
le long du corps.

Ton de chair, les ailes et l'éventail peints en bleu.
— H 13 cent.

Voir la phototypie.

109 Amour enfant, le pendant du numéro précédent.
Celui-ci est couronné de fleurs bleues, tout enve-
loppé dans sa chlamyde, et dans chaque main il
tient une pomme. Sa tête s'incline légèrement,
son bras dr. se lève, et sa jambe dr. se porte en
avant.

Ton de chair, cheveux roux, traces de bleu sur les
ailes. — H 136 mill.

Voir la phototypie.

110.
111.
112.

114.

110 Petit lécythe façonné en tête d'Ariadne. Le front de
la jeune fille est diadémé, ceint d'une couronne
de fleurs, et des feuilles de lierre sont piquées
dans ses cheveux.

Ton de chair; revers et goulot bruns. — H 92 mill.

111 Petit lécythe façonné en tête de Vénus diadémée,
voilée et parée de boucles d'oreilles. Le diadème
porte neuf perles en relief.

Ton de chair; revers et goulot bruns. — H 11 cent.

112 Amour enfant, tenant une pomme à la main g. Les
ailes éployées, la tête un peu rejetée en arrière et
inclinée, il pose le bras dr. sur la hanche, et sa
jambe g. s'avance. Une chlamyde courte enveloppe
étroitement le corps.

Ton de chair, cheveux roux, etc. — H 11 cent.
Voir la phototypie.

113 Éphèbe marchant à grands pas, la main g. sur la
poitrine, l'autre abaissée et retenant la chlamyde
qui laisse à découvert la moitié de la poitrine et le
bras droit. Il a les cheveux bouclés et ceints d'un
strophium. Ces figurines d'Éphèbes qui semblent
voltiger dans l'air, bien qu'ils n'aient pas d'ailes,
ne se trouvent qu'à Myrina. Un A gravé au revers,
est l'initiale du nom de l'artiste.

Ton de chair, cheveux roux, les yeux et les sourcils
noirs, traces de rose sur la draperie. — Le pied dr.
manque. — H 26 cent.

114. Jeune fille de Tanagra, assise sur un rocher et
tenant à la main g. un sac à jouets. Elle est parée

de boucles d'oreilles; ses cheveux, qui retombent
en chignon sur la nuque, sont entourés d'une
bandelette; son costume se compose d'un chiton
à manches courtes, échancré sur la poitrine, la
ceinture nouée au-dessous du sein, puis d'un
manteau qui fait office de coussin et n'enveloppe
que les jambes. La main dr. s'appuie sur le
rocher.

> Ton de chair, etc. Cheveux roux, base plate. —
> H 15 cent.

> *Voir la phototypie.*

115 Grande figurine de Tanagra, représentant une jeune
fille assise sur un rocher et jouant de la flûte tra-
versière. La tête est d'une beauté remarquable, le
mouvement très gracieux, et le sujet est un des
plus rares. Une bandelette, qui fait trois fois le
tour de la tête, divise les cheveux en quatre
étages; le chiton, sans manches, glisse le long du
bras g., le manteau se replie autour des jambes,
qui sont croisées, et retombe sur le rocher.

> Coloration fine : ton de chair, cheveux rouges, rocher
> gris, base plate. H 24 cent.

> *Voir la phototypie.*

116 Jeune fille assise à g. sur un rocher et tenant à la
main g. abaissée une cithare. Son buste se penche
en avant, en même temps que sa tête s'incline et
se tourne de face, et que sa main dr. se lève,
comme si la cithare était d'un poids trop lourd.
Le costume est celui des femmes de Tanagra :
chiton talaire, dont la spallière glisse le long du

115.

116.

117.

118.

bras et met à découvert le sein gauche; manteau
plié en écharpe.

> Ton de chair, cheveux roux, draperie à bordure
> jaune d'ocre, base plate. — H 23 cent.
> *Voir la phototypie.*

117 Pan et Bacchante, assis côte à côte sur un rocher.
La Bacchante porte une peau de bête en guise de
tablier et des endromides; sa main dr. tient un
masque de Satyre; sa tête, couronnée de feuilles
et de fleurs, se penche sur l'épaule de Pan.
Celui-ci tient à la main dr. un rhyton à cannelures
ondulées, et sa tête inclinée, également couronnée
de fleurs, touche la main g. de la Bacchante qui
le tient enlacé. Près du rocher, on voit la syrinx
de Pan et une grande amphore cannelée.

> Base moulurée. — H 176 mill.
> *Voir la phototypie.*

118 Papposilène portant une Bacchante sur son dos
(motif de l'*ephedriasmos*). Couronné de lierre
et de korymbes, la barbe équarrie, le corps velu,
les pieds chaussés de sandales, Silène se dirige à
grands pas vers la gauche; sa tête se retourne
vers la jeune fille qu'il porte, et ses genoux ployent
sous le faix. Une chlamyde en écharpe est nouée
autour de ses reins. La Bacchante a les bras et
le sein dr. à découvert; elle regarde le Silène, et
sa main g. pendante relève l'himation. Elle aussi
est couronnée de feuilles et de baies.

Ce groupe, d'un modelé magistral, se distingue
au même titre par son état de conservation, le

coloris antique étant resté intact. — Traces de dorure.

> Ton de chair, le Silène d'un rouge plus foncé que la
> femme; draperie blanche, barbe noire, etc. — Base
> moulurée, peinte en rouge. Trou à suspension.
> H 29 cent.

Voir la phototypie.

BIJOUX D'OR ET D'ARGENT

119 Bague d'or, décorée d'un grenat en cabochon. Anneau mobile, ciselé et orné de trois petits grenats. — D 24 mill.

120 Collier en fil d'or tordu, pourvu de deux capsules granulées, dont l'une a conservé son décor antique: une cornaline ronde en cabochon, sertie dans un anneau d'or et ayant à son point central un petit tube en or. — L 20 cent.

121 Paire de boucles d'oreilles façonnées en amphores. Le corps du vase est en sardonyx, les anses et l'armature sont en grains d'or d'un travail très fin. L'une d'elles est ornée de deux perles. — H 48 mill.

122 Bague romaine en or massif: denier de Caracalla serti dans un cercle ciselé. ANTONINVS PIVS AVG GERM. Buste lauré et cuirassé. ℞ P M TR P XX COS IIII PP. Soleil debout, radié et agitant un fouet. — D 29 mill.

123 Épingle à cheveux, en or. La tête se compose d'une
boule perforée et surmontée d'un tube qu'entoure
une résille en fils d'or. — L 8 cent.

124 Paire de boucles d'oreilles phéniciennes en or, façonnées en têtes de taureau, cerclées de fils d'or et
décorées de gorgerins (oves et entrelacs). Le poil
des taureaux est rendu au moyen d'un pointillé, et
chaque tête porte un fleuron au front.

Les bijoux phéniciens de cette grandeur et dans
cet état de conservation sont extrêmement rares.

D 35 mill.

125 Bague étrusque en or massif. Chaton elliptique,
représentant en relief un Silène d'ancien style,
couché, les bras levés symétriquement et les
mains placées sous la tête. Bordure ciselée et gra-
nulée.

On ne connaît que deux ou trois bagues
étrusques de ce genre.

L 18 mill.

126 Paire de pendants d'oreilles étrusques en or, du
genre de ceux que les Italiens appellent *bauli*.
Demi-cylindre prolongé par une pièce hémisphérique et fermé, sur un seul côté, par un disque.
Sur le disque on voit un fleuron central, entouré
d'une bordure de points clos, de perles et de grè-
netis. La partie cylindrique est parsemée de
cupules granulées et de cymbales, et une palmette
se déploie sur la pièce hémisphérique.

Le travail est d'une finesse extraordinaire.

L 2 cent.

127 Petite coupe en argent, ornée de moulures.

> H 45 mill. — D 77 mill.

128 Plateau en argent, avec son couvercle, dont l'anse
est façonnée en nœud et amortie par quatre feuilles
de vigne. Le plateau porte des cercles concen-
triques sur ses deux faces.

> D 12 cent.

129 Sceau-matrice, en argent, des échevins de Sachsen-
hausen (près Francfort). S·SCHVLDH·VND·GE-
RICHT ZV GROSSEN SACHSENH. Écusson.
Seizième siècle.

> D 35 mill.

130 Cachet en argent, avec sa chaîne. Dans un double
encadrement, une vache et les lettres I V. Autour,
SCEL IEHAN VACHER en lettres gothiques.
Manche terminé par un trèfle ajouré. Commencement du seizième siècle. — D 2 cent.

ANTIQUITÉS TROUVÉES EN FRANCE

131 Lécythe en verre blanc; l'anse, le collier et l'anneau
qui entoure la base, en verre bleu. — H 156 mill.

132 Barrillet trouvé à Amiens. Anse plate et coudée;
marque de fabrique en relief: NERO. C'est un
des noms de verriers les plus rares. — H 18 cent.

133 Vase en verre jaune, la panse côtelée au moyen de
six dépressions. *Forme unique.* — H 106 mill.

134 Verre à boire de l'époque chrétienne. Panse façonnée
en cône tronqué et ornée de gravures à la meule
(chevrons et lignes inclinées). Sous l'orifice, la
légende: PIE ZE(*ses*). — H 96 mill.

135 Genius tenant une double corne d'abondance. Poitrine nue, main droite avancée. — Figurine en
bronze, à patine verte.

Socle en jaune de Sienne. — H 12 cent.

136 Garniture de ceinturon (époque franque). Fer in-
crusté d'argent. — L 20 cent.

137 Grande coupe sigillée à couverte rouge. Le décor,
en relief, se compose d'un assemblage de médaillons et de figurines séparées par des thyrses. On
y distingue un masque scénique; un personnage
barbu et drapé; Apollon de face, le carquois sur
l'épaule, le bras gauche levé et replié sur la tête;
deux fleurons; un Satyre nu, portant une outre
et un vase; un Amour enfant, emportant la mas-
sue d'Hercule; un coffret ouvert, derrière lequel
court un Satyre nu, portant une outre et une
patère; Neptune debout, tenant un roseau, etc.
Ces sujets se répètent quatre fois dans le même
ordre, et chaque assemblage est séparé de l'autre
par un Atlante.

H 14 cent. D 25 cent. — Un petit morceau est
refait en plâtre.

138 Patère en argent, munie d'un pied et ornée d'une
bordure moulurée. Au centre, un petit médaillon
en or de l'empereur Théodose le Grand: DN

THEODOSIVS P F AVG. Buste lauré, drapé et cuirassé.

Cet objet, très important à cause de la date que lui donne la médaille (379-395), a été trouvé avec la patère suivante, à Toulouse, place des Puits n° 2, au commencement de l'année 1857. Il a été publié par M. de Longpérier dans le *Magasin pittoresque* 1857, p. 95.

Les ouvrages de numismatique ne citent aucun médaillon d'or de Théodose, on ne connaît que des médaillons d'argent.

D 185 mill.

139 Patère d'argent, entourée d'une bordure de fleurons et portant un sujet en relief. Ce sujet représente un sanglier courant vers la gauche, et à l'arrière-plan un palmier (sur un des grands plateaux d'argent de la Bibliothèque nationale on voit un lion devant un palmier). Malheureusement, la patère a été brisée, et deux petits morceaux manquent à la bordure supérieure.

D 18 cent.

PIERRES PRÉCIEUSES, etc.

140 Cylindre chaldéen en hématite : Divinité de face sous un épervier éployé ; de chaque côté, des adorants à genoux, puis un Sphinx et un dieu à tête d'ibex. — H 23 mill.

141 Cylindre chaldéen en basalte noir : Trois prêtres
adorant une idole; plus loin, un arbre et une
étoile. — H 35 mill.

142 Scarabée en basalte vert. — L 27 mill.

143 Scarabée phénicien en agate rubanée.

144 Tête de l'empereur Hadrien; intaille en cornaline.
— H 2 cent. Monture moderne en argent.

145 Buste de Bacchante, avec légende magique; intaille
en améthyste. — H 22 mill.

146 Flacon lenticulaire en sardonyx, de travail antique.
— H 54 mill.

147 Torse d'un porte-enseigne romain, un bouclier sous
le bras gauche. Travail antique en chalcédoine.
— H 56 mill.

BRONZES

148 Grand fer de lance phénicien, muni, à sa base, d'un
crochet façonné en buste humain. Ce buste, de
style primitif, est nu, coiffé d'un bonnet conique,
et ses bras se lèvent symétriquement. La douille
est couverte de dessins géométriques.

 Trouvé à Sidon.

  H 314 mill.

149 Fragment de ceinturon étrusque, les œillets au
nombre de six, placés sur deux rangs, les cro-

chets ciselés et amortis par des feuilles découpées et couvertes de palmettes gravées. Belle patine verte.

L 22 cent.

150 Miroir étrusque. La gravure représente l'Aurore (*Eos*) qui emporte du champ de bataille le corps inanimé de son fils Memnon. La déesse est ailée, diadémée et vêtue d'une longue tunique ; Memnon porte une cuirasse, un casque et un bouclier.

Exergue : chien de chasse poursuivant un lièvre. Couronne de lierre en bordure. — Patine verte.

D 166 mill.

151 Miroir latin, trouvé à Palestrina. Manche ciselé, façonné en pied de chevreuil et amorti par une palmette gravée. Au revers, à la naissance du manche, les lettres Λ · BΛ, initiales du nom du propriétaire : *Auli Ba...*

Sixième siècle de Rome. — Superbe patine bleue.

D 13 cent. H 26 cent.

152 Épingle à cheveux, en forme de flèche. Patine vert pâle. — L 143 mill.

153 Vase (*prochous*) à anse surélevée, cannelée et amortie par une griffe de lion et une feuille lancéolée. Goulot à collerette et à large rebord.

Patine verte. — H 205 mill.

154 Horus enfant assis sur un calice de fleur. Il est drapé, coiffé d'un disque, et de sa tempe droite

retombe la tresse royale. L'index de sa main droite
est posé sur la bouche, son bras gauche tient une
corne d'abondance. — Alexandrie. H 78 mill.

155 Cheval de course, la jambe gauche de devant posée
    sur un cartel à queues d'aronde. Derrière, un
    anneau. — H 57 mill.

156 Panthère bachique assise et levant la patte droite
    (brisée). Elle porte un collier de lierre. — H 5 cent.

157 Lionceau, posant la patte droite sur un globe. —
    Plomb. H 33 mill.

158 Capricorne (le signe sous lequel Auguste était né) ;
    couronnement d'enseigne. — H 5 cent.

159 Scylla, applique découpée, d'ancien style grec.
    Tournée à gauche et avançant le bras droit, elle
    est vêtue d'un peplos et porte une bandelette dans
    les cheveux. Son buste est posé sur trois protomes
    de chiens et sur une queue de poisson dont l'extré-
    mité est façonnée en tête de loup marin.

    H 9 cent. — L. 146 mill.

160 Protome de chien, ayant servi de décor de lit. —
    Trouvé à Rome. Beau modelé et belle patine
    verte.

    H 14 cent.

161 Petit buste d'un empereur romain du troisième siècle.
    — H 4 cent.

162 Lutteur debout, **nu et barbu**. Sa tête s'incline sur l'épaule gauche, ses deux bras, qui se dirigeaient vers la gauche, sont brisés. — H 13 cent.

163 Petit buste drapé de Livie.

> Socle en jaune de Sienne. — H 33 mill.

164 Diane chasseresse, en tunique courte, le bras droit levé et tirant une flèche du carquois; la main gauche avancée tenait l'arc. Elle est chaussée de brodequins de chasse et pose le pied gauche sur une petite élévation.

> Montée sur une colonnette en brèche, dont le chapiteau est en bronze. — H 6 cent.

165 Figurine de femme vêtue d'un chiton et d'un ample manteau, le bras droit replié sur la poitrine; l'avant-bras gauche porte un pan de draperie. — Beau style grec.

> Montée sur une colonnette qui fait pendant à celle du numéro précédent. — H 48 mill.

166 Hercule imberbe, debout, coiffé d'une peau de lion qui retombe sur l'avant-bras gauche replié, la main gauche avancée et tenant trois pommes cueillies sur l'arbre des Hespérides. — Belle patine verte.

Trouvé en Espagne.

> Base en jaune de Sienne. — H 22 cent.

PIERRE CALCAIRE ET MARBRE

167 Petite tête d'adolescent. — Pierre calcaire, trouvée
à Chypre. H 10 cent.

168 Dieu-enfant, accroupi de face, vêtu d'une tunique à
manches courtes, couronné de feuillage, paré d'un
collier, d'un bracelet, de périscélides et d'une ban-
doulière à laquelle sont suspendues des amulettes.
Sa main droite, posée sur le genou, est couverte
d'un gant bordé de franges.

Pierre calcaire de Chypre. — H 40 cent.

169 Tête d'un personnage grec (Périklès?), coiffée d'un
casque corinthien. Très belle sculpture du
quatrième siècle avant notre ère ; marbre de
Paros.

H 21 cent.

ÉTOFFES ANTIQUES
trouvées dans le Fayoûm (Égypte).

170 Deux galons parallèles, tissés en noir. Chacun se
compose de quatre médaillons : homme assis de
face, armé d'un bouclier, la main droite levée ;
lion, chimère, taureau couché. Bordure d'entrelacs.

171 Deux disques multicolores : semis de feuilles et de
croisettes entourées de cercles.

172 Disque dentelé et orné de dessins linéaires; pourpre
    sur fond jaune. A l'une des extrémités de l'étoffe,
    deux liserés (rouge et blanc) et des franges.

173 Médaillon représentant un dieu nu, appuyé sur un
    sceptre et étreignant un lion. Bordure feuillagée.
    Noir sur fond jaune pâle.

174 Galon (pourpre sur fond blanc) représentant un
    homme nu, se dirigeant vers la gauche et retour-
    nant la tète en arrière. Fleurons, etc.

175 Plaque ovale multicolore: fleurs et feuilles (rouge et
    jaune sur fond vert).

176 Un lot d'étoffes du même genre.

MÉDAILLES GRECQUES

177 **Marseille**. Tète imberbe d'Apollon à g. ℞ MA
    dans une roue. — Oboles. Arg. 4 p.

178 **Rome** (frappé en Campanie). Tète imberbe de
    Janus. ℞ Jupiter fulgurator dans un quadrige au
    galop, conduit par la Victoire. — Or.

179 **Caulonia**. Apollon, le bras dr. levé, une figurine
    sur le bras g. étendu. Devant, un cerf. KAVΝ.
    Bordure d'entrelacs. ℞ incus. — Arg.

180 **Tarente.** Taras sur le dauphin, entre deux étoiles.
TAPAΣ. ℞ Cavalier couronnant son cheval vic-
torieux. ΞΩ et NEYMH. — Arg.

> *Voir la phototypie.*

181 Taras tenant un trident et une Victoire. ℞ Même
sujet. ΦΙΛΟΚΡΑ. — Arg.

182 Taras avec un fuseau et une grappe de raisin. ℞
Hoplite à cheval, à g. — Arg.

183 Taras avec Victoire et trident. ℞ Cavalier casqué,
armé d'un bouclier et de trois lances. — Arg.

184 **Leontini.** Tête laurée d'Apollon. ℞ Tête de lion
entre quatre grains d'orge. ᴸEONTINON. —
Arg. Tétradrachme.

185 **Syracuse.** Tête de femme entourée de quatre dau-
phins. ΣVRAKOΣION. ℞ Victoire couronnant
un bige. — Arg. Tétradr. d'ancien style.

186 Même avers, de beau style archaïque. ℞ Le même.
Serpent en exergue. — Arg. Tétradrachme.

187 **Thasos.** Satyre tenant une Nymphe dans ses bras
(ancien style). ℞ Carré creux. — Arg.

188 Tête de Bacchus, couronnée de lierre. ℞ Hercule.
ΗΡΑΚΛΕΟΥΣ ΣΩΤΗΡΟΣ et ΘΑΣΙΩΝ. —
Arg. Tétradrachme.

189 **Lysimaque** (roi de Thrace, 323-282). Tête du roi, une corne de bélier à la tempe. ℞ Minerve assise à g. et tenant une petite Victoire. ΒΑΣΙΛΕΩΣ ΛΥΣΙΜΑΧΟΥ. — Or.

Voir la phototypie.

190 Même type, un parazonium comme différent au revers. — Arg. Tétradrachme.

191 Même type. ℞ Monogramme et croissant. — Arg. Tétradrachme.

192 Même type. ℞ ΦΛ en monogramme. — Arg. Tétradrachme.

193 **Chersonèse de Thrace.** Protome de lion. ℞ Carré creux. — Arg. 16 p. variées.

194 **Philippe II** (roi de Macédoine, 359-336). Tête laurée de Jupiter. ℞ Cavalier tenant une palme. ΦΙΛΙΠΠΟΥ, couronne et Α. — Tétradrachme. Arg.

195 **Alexandre-le-Grand** (336-323). Tête de Pallas. ℞ Victoire tenant un mât de navire. ΑΛΕΞΑΝΔΡΟΥ ΒΑΣΙΛΕΩΣ. — Or.

Voir la phototypie.

196 Tête d'Hercule coiffée de la peau de lion. ℞ Jupiter aétophore assis à g. ΑΛΕΞΑΝΔΡΟΥ. — Arg. Tétradrachme.

Voir la phototypie.

197 Cinquante et un tétradrachmes d'Alexandre au même
   type, légendes et différents monétaires variés. —
   Arg.

> La plupart de ces pièces viennent d'une trouvaille
> faite récemment en Macédoine.

198 **Athènes**. Tête casquée de Minerve (ancien style).
   ℞ AΘE, chouette et rameau d'olivier. — Arg.
   Tétradrachme.

199 **Corinthe**. Tête de Pallas à g. et aigle. ℞ Pégase
   et la lettre koppa. — Arg.

200 Même type; à l'avers, la colombe de Sicyone dans
   une couronne. — Arg.

201 **Mithridate VI** (roi du Pont, 123-64). Tête du roi.
   ℞ Dans une couronne de lierre, cerf paissant à
   g. ΒΑΣΙΛΕΩΣ ΜΙΘΡΑΔΑΤΟΥ ΕΥΠΑΤΟΡΟΣ.
   Astre et croissant. Année ΓΚΣ. — Arg. Tétradrachme.

> *Voir la phototypie.*

202 **Rhodes**. Tête radiée du Soleil, de face. ℞ Rose dans
   un cercle perlé. — Arg. 3 pièces.

203 **Seleucus IV** (roi de Syrie, 187-175). Tête dia-
   démée du roi. ℞ Apollon assis à g. sur l'omphale.
   ΣΕΛΕΥΚΟΥ ΒΑΣΙΛΕΩΣ. Couronne et palme.
   — Arg. Tétradrachme.

204 Même type. ℞ Différent : une palme. — Arg. Tétradrachme.

205 **Antiochus XI Épiphane** (roi de Syrie, 92 avant notre ère). Tête diadémée de roi. ℞ Jupiter appuyé sur un sceptre. ΒΑΣΙΛΕΩΣ ΑΝΤΙΟΧΟΥ ΕΠΙΦΑΝΟΥΣ. Astre et croissant. — Arg. Tétradrachme.

206 **Aradus.** Buste voilé et tourelé de la Ville. ℞ Victoire dans une couronne. ΑΡΑΔΙΩΝ. — Arg. Tétradrachme.

207 **Sana** (trésor de). Tête imberbe laurée dans une couronne. ℞ Chouette et monogrammes. — Arg.

208 Mêmes types. Au revers, une fleur dans le champ. — Arg.

209 **Alexandre Ægus.** Tête coiffée d'une peau d'éléphant. ℞ ΑΛΕΞΑΝΔΡΟΥ. Pallas d'ancien style, en attitude de combat. Aigle, casque et monogramme. — Arg. Tétradrachme. Très beau.

210 **Ptolémée Ier et Bérénice, Ptolémée II et Arsinoé II.** Bustes diadémés et géminés de Ptolémée et Bérénice. ΘΕΩΝ. ℞ Bustes diadémés et géminés de Ptolémée II et Arsinoé. ΑΔΕΛΦΩΝ. Derrière, un bouclier. — Or⁷. Fleur de coin.

Voir la phototypie.

211 **Arsinoé II.** Buste diadémé, voilé et armé d'un sceptre. Derrière, K. ℞ Double corne d'abondance. ΑΡΣΙΝΟΗΣ ΦΙΛΑΔΕΛΦΟΥ. — Or⁷. Fleur de coin.

Voir la phototypie.

212 Buste voilé et diadémé, un sceptre à g. Derrière, Ξ.
℞ Double corne d'abondance. **ΑΡΣΙΝΟΗΣ
ΦΙΛΑ[ΔΕΛΦΟΥ]**. — Arg. Tétradrachme. Beau.

213 **Cyrène**. Victoire conduisant un quadrige; dans le
haut, le soleil. **ΚΥΡΑΝΑΙΟΝ**. ℞ Jupiter aétophore assis à g. devant un turibulum. **ΧΑΙΡΙΟΣ**
rétrograde. — Or.

MÉDAILLES ROMAINES

Deniers d'or et d'argent de la République.

213 **Aemilia**. Tête de Vénus. ℞ Statue équestre. M·
LEPIDVS·AN·XV·PR·H·O·C·S. — Arg. Co-
hen, 5.

214 Mêmes types. ℞ M·LEPIDVS. — Arg. C, 4.

215 **Antia**. Tête imberbe. RESTIO. ℞ Hercule au
trophée. C·ANTIVS·C·F. — Arg. C, 2.

216 **Antonia**. Lituus, vase et corbeau. M·ANTON·IMP.
Cohen, 14. — Quinaire au même type. Coh., 13.
— Arg., 2 pièces.

217 Légions V, XII et COHORTIS SPECVLATORVM.
Coh., 43. 52. 72. — Arg., 3 p.

218 Galère. ANTONIVS AVGVR III·VIR·R·P·C. ℞
LEG·VI. Aigle entre deux enseignes. *Restitution
de Marc-Aurèle et Vérus*. — Arg. Coh. pl. XLV,
20.

219 **Arria**. Tête imberbe. M·ARRIVS SECVNDVS. ℞ Couronne, haste et phalères militaires. — Arg. C, 2.

220 **Calpurnia**. Tête calamistrée. ℞ CXXX. Cavalier au galop. Coh., 11. — Même types. ℞ LXXXX. Belle. — Arg., 2 p.

221 Mêmes types. Coh. 10 et 11. — Arg., 2 pièces très belles.

222 **Coelia**. Tête imberbe. C·COEL·CALDVS. ℞ Lectisterne entre deux trophées. L·CALDVS·VII· VIR·EPVL. — Arg. Coh., 6.

223 **Cornelia**. Tête du Genius du peuple romain. ℞ Thyrse, globe et gouvernail. LEN.CVR·X·FL. Coh., 11. — Tête de Vénus. ℞ Trois trophées. Coh., 23. Belle. — Arg., 2 p.

224 **Crepereia**. Buste de Vénus. ℞ Bige d'hippocampes. Q·CREPER·M·F·ROCVS. — Arg. C, 2.

225 **Durmia**. Tête de l'Honor. ℞ Parthe agenouillé tenant une enseigne. SIGN·RECE·CAESAR·AV-GVSTVS. — Arg. Coh., 1.

226 **Egnatia**. Tête de Vénus. MAXSVMVS. ℞ Rome et Vénus sur des proues de navires. — Arg. C, 2.

227 **Flavia**. Buste d'Apollon. C·FLAV·HEMIC·LEG. P[RO·PR]. ℞ Victoire couronnant un trophée. Q·CAEP·BRVT·IMP. — Arg. Coh., 1.

228 **Junia**. Tête barbue. BRVTVS. ℞ Tête barbue.
AHALA. — Arg. C, 11.

229 **Livineia**. Tête imberbe. ℞ L·LIVINEIVS·REGV-
LVS. Bisellium entre six faisceaux. — Arg. C, 3.

230 Même avers. ℞ Boisseau entre deux épis. Même
légende. — Arg. C, 2.

231 Même avers. ℞ L·REGVLVS. Bestiaires combat-
tant des fauves. — Arg. C, 1.

232 **Lollia**. Tête de la Liberté. ℞ Pont. PALIKANVS.
— Arg. C, 2.

233 **Memmia**. Tête de Quirinus. C·MEMMI·C·F. ℞
Cérès assise. — Arg. C, 5. Très belle.

234 **Mussidia**. Tête de la Concorde. ℞ L·MVSSIDIVS·
LONGVS. Enceinte des Comices. CLOACIN. —
— Arg. C, 5.

235 **Neria**. Tête de Saturne. NERI·Q·VRB. ℞ Aigle
entre deux enseignes. — Arg. C, 1.

236 **Papia**. Tête de Junon Lanuvina; couronne. ℞
Chimère; torques. L·PAPI. Coh., 1. — Tête
laurée. TRIVMPVS. ℞ Loup et aigle. CELSVS·
III·VIR. Coh., 3. — Arg. 2 p.

237 **Pedania**. Tête laurée. COSTA LEG. ℞ Trophée.
BRVTVS IMP. — Arg. C, 1.

238 **Poblicia**. Tête casquée. M·POBLICI·LEG·PRO·
PR. ℞ Femme offrant une palme à Pompée.
CN·MAGNVS·IMP. — Arg. C, 8. Belle.

239 **Pomponia**. Tête d'Apollon. ℞ Terpsichore. — Arg. C. 11. Belle.

240 **Sepullia**. Tête voilée de César. CAESAR DICT PERPETVO. ℞ Vénus génétrix. P·SEPVLLIVS ·MACER. — Arg. C, 8.

241 Temple. CLEMENTIAE CAESARIS. ℞ Cavalier au galop. Même lég. — Arg. C, 10.

242 **Servilia**. Tête de Flora. ℞ Deux guerriers affrontés. — Arg. C, 5.

243 **Valeria**. Tête jeune surmontée d'une étoile; derrière, une doloire. ACISCVLVS. ℞ Europe sur le taureau. L·VALERIVS. — Arg. C, 7. Très belle.

244 **Vettia**. Tête barbue. SABINVS. ℞ Bige à g. — Arg. C, 2.

245 **Vibia**. Tête de Vénus, couronnée de myrtes. ℞ C·VIBIVS·VARVS. Vénus, vue de dos, près d'une colonne. — Or. Coh., 21.

246 Masque de Pan. ℞ Jupiter Axur assis. C, 13. — **Volteia**. Tête de Jupiter. ℞ Temple. Coh., 1. — Arg. 2 p.

Suite impériale.

247 **Pompée**. Tête de Neptune et trident. MAG·PI[VS]· IMP·ITER. ℞ Scylla. — Arg., C. 5.

248 Tête de Mars. [M]·POBLICI·LEG·PRO·PR. ℞
Femme offrant une palme à Pompée. CN·
MAGNVS·IMP. — Arg., C, 1.

249 **Jules César**. Tête voilée. C·CAESAR·COS·TER.
℞ Lituus, vase et hache. A·HIRTIVS·PR. —
Or. C, 2.

250 Tête laurée de César. CAESAR IMP. Simpule et
lituus. ℞ Vénus génétrix. M·METTIVS. Différent, G. — Arg. C, 34.

251 **Cassius**. Tête de la Liberté. LEIBERTAS·C·CASSI·
IMP. ℞ Vase et lituus. — Arg., C, 2. Belle.

252 **Sextus Pompée**. Phare de Messine. MAG·PIVS,
etc. ℞ Scylla. — Arg., C, 2.

253 **Lépide et Octave**. Tête nue. [LEP]IDVS·PONT·
MAX·III·VIR·[R·P·C] ℞ Tête nue d'Octave.
CAESAR·IMP·III·VIR·R·P·C. — Arg., C, 2.

254 **Marc-Antoine et Octave**. Tête nue. M·ANT·IMP.
AVG·III·VIR·R·P·C·[M]·BARBAT·Q·P. ℞
Tête nue. CAESAR, etc. — Arg., C, 7.

255 **Marc-Antoine et Cléopâtre**. Tête nue ; derrière,
une tiare. ANTONI·ARMENIA·DEVICTA. ℞
Buste de Cléopâtre. CLEOPATRAE REGINAE
REGVM FILIORVM REGVM. — Arg., C, 1.

256 **Lucius Antoine et Marc-Antoine**. Tête nue.
L·ANTONIVS·COS. ℞ Tête nue. NERVA
PROQ·P, etc. — Arg., C, 1.

257 **Auguste**. Tête laurée. AVGVSTVS·DIVI·F. ℞
Apollon d'Actium jouant de la lyre. IMP·XII.
Exergue : ACT. — Or. C, 143.

258 Tête nue. IMP·CAESAR. ℞ Autel d'Éphèse, orné
de deux cerfs en bas-relief. AVGVSTVS. —
Médaillon, arg. C, 30.

259 Tête nue. CAESAR AVGVSTVS. ℞ CL V sur un
bouclier entre deux enseignes. SIGNIS RECEP-
TIS. — Arg., C, 205. Fleur de coin. 2 p. variées.

260 Aigle, manteau et couronne. SPQR PARENT, etc.
℞ Quadrige. — Arg., C, 5.

261 Tête nue. IMP CAESAR AVGVSTVS. ℞ Épée,
casque lusitanien et bipenne. P·CARISIVS·LEG·
PRO·PR. — Arg., C, 316.

262 Tête nue à g. Même lég. ℞ Captif soutenant un
trophée. P·CARISIVS·LEG·PRO·PR. — Arg.,
C, 314.

263 **Agrippa**. Tête à g. avec la couronne rostrale.
M·AGRIPPA·L·F·COS·III. ℞ Neptune. —
MB. C, 3.

264 **Drusus et Tibère**. Tête nue à g. DRVS ..., F·
COS·II·R·P. ℞ Tête laurée ..... P·XXXV. —
Arg., C, 2.

265 **Néron Drusus**. Tête laurée à gauche. NERO CLAV-
DIVS DRVSVS GERMANICVS IMP. ℞ Arc de
triomphe. DE GERM. — Or. C, 1.

266 Même avers. ℞ Arc de triomphe. DE GERMANIS.
— Arg., C, 4.

267 **Antonia**. Buste drapé et couronné d'épis. ANTONIA
AVGVSTA. ℞ Deux flambeaux. [SACE]RDOS
DIVI AVGVSTI. — Or. C, 3.

268 **Antonia et Claude**. Buste drapé. **ΑΝΤΩΝΙΑ
ΣΕΒΑΣΤΗ**. ℞ Tête laurée. **ΤΙ ΚΛΑΥΔΙ ΚΑΙΣ
ΣΕΒΑ ΓΕΡΜΑΝΙ ΑΥΤΟΚΡ**. — Médaillon d'arg.
frappé à Alexandrie, an 4.

269 **Germanicus et Auguste**. Tête nue. [GE]RMANI-
CVS CAES·TI·AVGV·COS·[II·P·M]. ℞ Tête
radiée à g. [DIVVS] AVGVSTVS. — Arg., C, 2.

270 **Caligula et Auguste**. Tête laurée C·CAESAR·
AVG·GERM·P·M·TR·POT. ℞ Tête radiée.
DIVVS AVG PATER PATRIAE. — Arg., C, 2.

271 **Claude**. Tête laurée. TI·CLAVD·CAESAR·AVG·
P·M·TR·P·$\overline{\text{VI}}$·IMP·$\overline{\text{XI}}$. ℞ Arc de triomphe.
DE BRITANN. — Arg., C, 15.

272 Même tête, avec TR P $\overline{\text{II}}$ IMP $\overline{\text{III}}$. ℞ La Paix ailée.
PACI AVGVSTAE. — Arg. *Variété inédite* de
C 39.

273 **Claude et Messaline**. Tête laurée **ΤΙ ΚΛΑΥΔΙ
ΚΑΙΣ ΣΕΒΑ ΓΕΡΜΑΝΙ ΑΥΤ**. ℞ Messaline
debout, en Cérès. **ΜΕΣΣΑΛΙΝΑ ΚΑΙΣ ΣΕΒΑΣ**.
Médaillon d'arg., frappé à Alexandrie, an 6.

274 Autre exemplaire.

275 **Néron**. Tête nue. NERO CAESAR AVG IMP. ℞
EX SC dans une couronne de chêne. PONTIF·
MAX·TR·P·VII·COS·IIII·P·P. — Or. C, 31.
Fleur de coin.

276 ℞ Temple de Vesta. C, 65. — ℞ Rome assise.
Variété de C, 53. — Arg., 2 p.

277 **Néron et Octavie**. Tête laurée. ΝΕΡΩ ΚΛΑΥ
ΚΑΙΣ ΣΕΒΑ ΓΕΡ ΑΥΤΟ. ℞ Buste drapé.
ΟΚΤΑΟΥΙΑ ΣΕΒΑΣΤΟΥ. — Médaillon d'arg.,
frappé à Alexandrie, an 4.

278 **Néron et Poppée**. Tête laurée. ....ΑΡ ΣΕΒΑΣΤΟΣ.
℞ Buste drapé. ΠΟΠΠΑΙΑ ΝΕΡΩΝΟΣ ΣΕ-
ΒΑΣΤΟΥ. — Arg. frappé dans le Pont. C (2ᵈᵉ
édition), 1.

279 Tête radiée. ΝΕΡΩ ΚΛΑΥ ΚΑΙΣ ΣΕΒ ΓΕΡ ΑΥ.
℞ Buste drapé. ΠΟΠΠΑΙΑ ΣΕΒΑΣΤΗ. — Médaillon d'arg., fr. à Alexandrie, 2 p. variées.

280 **Galba**. Tête nue. SER GALBA CAESAR AVG.
℞ Livie debout. DIVA AVGVSTA. Arg., C, 21.
— ℞ Vesta assise. MB. C, 244.

281 **Othon**. ℞ PONT MAX. L'Abondance. C, 8. —
Tête nue à g. ℞ SECVRITAS PR. C, 16. —
Arg., 2 pièces.

282 **Vespasien**. Tête laurée. IMP CAES VESPASIAN
AVG PM TR P PP COS III. ℞ La Paix ailée.
PACI AVGVSTI. — Or. C, 131.

283 **Vespasien, Titus et Domitien**. Tête laurée. IMP
CAESAR VESPAS AVG COS II TR P PP. ℞
Deux têtes affrontées. LIBERI IMP AVG VESPAS.
— Arg., C, 1 variété.

284 **Titus**. Tête laurée. T CAESAR IMP VESP. ℞
Statue de l'Abondance. PONTIF TR POT. — Or.
C, 60.

285 **Nerva**. — ℞ Fortune assise et Liberté publique.
C, 33. 53. — Arg., 2 p.

286 **Trajan**. Buste lauré et cuirassé. IMP CAES NER
TRAIAN OPTIM AVG GERM DAC. ℞ Tête
radiée du Soleil. PARTHICO PM TR P COS VI
PP SPQR. — Or. C, 99.

287 **Hadrien**. — Tête nue. HADRIANVS AVG COS
III PP. ℞ Vénus assise à g. VENERIS FELI-
CIS. — Or. C, 504.

288 **Hadrien et Sabine**. Médaillon d'arg., frappé à
Alexandrie, an 3.

289 **Aelius César**. ℞ L'Abondance à g. TR POT COS
II. — Arg., C, 19.

290 **Antonin-le-Pieux**. Tête laurée. ANTONINVS
AVG PIVS PP IMP II. ℞ L'empereur tenant un
globe. TR POT XIX COS IIII. — Or. C, 323.
Fleur de coin.

291 **Marc-Aurèle**. Buste drapé. IMP·M·ANTONINVS·
AVG. ℞ La Santé à g. donnant à boire à un

serpent. SALVTI AVGVSTOR TR P XVII COS
III. — Or. C, 197.

292 **Faustine jeune.** Buste drapé. FAVSTINA AV-
GVSTA. ℞ Cybèle assise sur un trône. MATRI
MAGNAE. — Or. C, 62.

293 Même avers. ℞ La Santé assise à g. donnant à
boire à un serpent. SALVTI AVGVSTAE. — Or.
C, 73. Fleur de coin.

294 **Annius Verus.** Tête d'enfant. ℞ SC dans une
couronne. — PBr. Très beau. Coh. I, 464, n 18.

295 **Crispine.** ℞ Vénus felix et Vénus debout. C, 15.
18. — Arg., 2 p.

296 **Pertinax.** Tête laurée. IMP CAES P. HELV PER-
TIN AVG. ℞ La Joie debout à g. LAETITIA
TEMPOR COS II. — Arg., C, 10.

297 Même avers. ℞ Ops assise à g. OPI DIVIN TR P
COS II. — Arg. C, variété du n° 14.

298 **Pescennius Niger.** Tête laurée. IMP CAES C
PESC.... ℞ Trophée. INVICTO IMP TROPAE.
— Arg., C, 24.

299 Tête laurée. IMP CAES PESC NIGER IVST AVG.
℞ La Santé debout devant un autel. SALVTI
AVGV. — Arg., C, 41.

300 **Albin.** D CLOD SEPT ALBIN CAES. Tête nue.
℞ Esculape debout. COS II. — Arg., C, 6.

301 **Septime-Sévère**. ℞ L'Équité, la Concorde mili-
taire, Junon de Carthage sur un lion, Jupiter propugnator. C, 15 var. 50. 131 et n° 243 de la 2ᵈᵉ
édition.

302 **Julia Domna**. ℞ Fortuna felix, Hilaritas, Laetitia, Pietas publica, Temporum felicitas. C, 32. 39.
51. 83. 93. — Arg., 5 p.

303 **Caracalla**. Buste radié. ℞ Jupiter debout (grand
module). C, 172. — ℞ L'empereur à cheval; un
captif devant. PROF. C, 296. — ℞ Déesse tenant
un rameau et un sceptre. C, 176. *Rare.* — ℞
RECTOR ORBIS. C, 304. — ℞ Victoire par-
thique assise. C, 354. — Arg., 5 p.

304 **Plautille**. Buste drapé. PLAVTILLA AVGVSTA.
℞ La Piété. PIETAS AVGG. C, 13. — ℞ Vénus
debout. VENVS VICTRIX. C, 18. — Arg., 2 p.

305 **Macrin**. Buste lauré et cuirassé. IMP C M OPEL
SEV MACRINVS AVG. ℞ La Foi tenant deux
enseignes. FIDES MILITVM. C, 10. — Arg., 2
pièces variées.

306 **Diaduménien**. M OPEL ANT DIADVMENIAN
CAES. Buste drapé. ℞ PRINC IVVENTVTIS.
Le César debout près de deux enseignes. — Arg.,
C, 7.

307 **Aquilia Severa**. IVLIA AQVILIA SEVERA AVG
Buste drapé. ℞ CONCORDIA. La Concorde sa-
crifiant sur un autel. — Arg., C, 1.

308 **Soaemias**. IVLIA SOAEMIAS AVG. Buste drapé.
R⁄ VENVS CAELESTIS. Vénus debout à g. —
Arg., C, 5.

309 **Julia Paula**. IVLIA PAVLA AVG. Buste drapé.
R⁄ CONCORDIA. Paula donnant la main à Éla-
gabal. — Arg., C, 3.

310 **Pauline**. DIVA PAVLINA. Buste voilé. R⁄ CON-
SECRATIO. Pauline sur un paon. — Arg., C, 2.

311 **Maxime**. MAXIMVS CAES GERM. Buste drapé.
R⁄ PIETAS AVG. Instruments de sacrifice. —
Arg., C, 1.

312 **Balbin**. IMP CAES D CAEL BALBINVS AVG.
Buste radié. R⁄ PIETAS MVTVA AVGG. Deux
mains jointes. — Arg., C, 4.

313 IMP C D CAEL BALBINVS AVG. Buste lauré. R⁄
PROVIDENTIA DEORVM. La Providence debout
à g. — Arg., C, 12.

314 **Pupien**. IMP CAES PVPIEN MAXIMVS AVG.
Buste radié. R⁄ PATRES SENATVS. Deux mains
jointes. — Arg., C, 13.

315 IMP C M CLOD PVPIENVS AVG. Buste lauré. R⁄
PAX PVBLICA. La Paix assise à gauche. — Arg.,
C, 14.

316 **Gordien III et Tranquilline**. Bustes affrontés.
ΑΥΤ Κ Μ ΑΝΤ ΓΟΡΔΙΑΝΟC ΑΥΓ CEB. Des-

sous : **ΤΡΑΝΚΥΛΛΕΙΝΑ.** ℞ Sérapis debout.
ΟΥΛΠΙΑϹ ΑΓΧΙΑΛΕΩΝ. — MB fr. à Anchialus
de Thrace.

317 **Herennius Etruscus.** ℞ Deux mains jointes,
Apollon assis à g. C, 3. 13. — Billon, 2 p.

318 **Hostilien.** ℞ Mars Propugnator. C, 10. — ℞
SECVRITAS AVGG. La Sécurité appuyée sur
un cippe. C, 33 *rare.* — Bil. 2 pièces.

319 **Émilien.** ℞ Herculus victor. C, 8. — ℞ Mars
propugnator. C, 16. — Bil. 2 p.

320 **Mariniane.** DIVAE MARINIANAE. Buste voilé
sur un croissant. ℞ CONSECRATIO. Paon. —
Bil. C, 9.

321 Mêmes types et légendes. C, 11.

322 **Macrien jeune.** IMP C FVL MACRIANVS PF
AVG. Buste radié et cuirassé. ℞ INDVLGEN-
TIAE AVG. L'Indulgence assise à g. — Bil. C, 5.

323 Même buste ....**ΜΑΚΡΙΑΝΟϹ ΕΥ ΕΥϹ.** ℞ Aigle.
— PBr. frappé en Égypte, an 4.

324 **Quietus.** IMP C FVL QVIETVS PF AVG. Buste
drapé et radié. ℞ INDVLGENTIAE AVG. L'Indulgence assise à g. — PB. C, 4.

325 Même avers. ℞ IOVI CONSERVATORI. Jupiter
assis à g. — PB. C, 5.

326 **Lélien**. IMP C LAELIANVS PF AVG. Buste radié.
℞ VICTORIA AVG. Victoire marchant à dr. —
PB. C, 3.

327 **Marius**. ℞ Mains jointes. C, 5 *rare*. — ℞ Le
même. C, 7. — ℞ Victoire à g. C, 16. — PBr.,
3 pièces.

328 **Quintille**. ℞ La Concorde de l'armée, la Sécurité,
Fortuna redux. C, 11. 47. 23. — PB. 3 p.

329 **Aurélien**. ℞ Sévérine donnant la main à Aurélien.
MB. C, 42. — **Sévérine**. ℞ La Concorde mili·
taire, Junon reine. C, 5. 9. MB et PB. — 4 p.

330 **Aurélien et Sévérine**. Buste radié. IMP AVRE-
LIANVS AVG. ℞ Buste sur un croissant. SE-
VERINA AVG. — MB. C, 2.

331 **Vaballathe et Aurélien**. Potins d'Alexandrie, an-
nées 4 et 5. — 2 p.

332 **Magnia Urbica**. ℞ VENVS VICTRIX. Vénus
armée, debout à g. — PB. C, 12.

333 ℞ IVNO REGINA Junon avec son paon. — PB.
C, 7.

334 **Maximien·Hercule**. Tête laurée. MAXIMIANVS
AVG. ℞ Forteresse. VIRTVS MILITVM. Exergue : ANT·N. — Arg. C, 100.

335 **Carausius**. ℞ PAX AVG. La Paix à g. C, 166. —
℞ PROVID AVGGG. La Fortune à g. C, 195.
— PBr. 2 p.

336 ℞ CONCORDIA MIL. La Concorde tenant deux enseignes. PB *inédit*. — ℞ PAX AVG. La Paix debout. C, 167. — PB. 2 p.

337 **Allectus**. ℞ Vaisseau, la Paix. C, 24 et variante du 29. — PB. 2 pièces.

338 **Domitius Domitianus**. IMP CL DOMITIVS DOMITIANVS AVG. Tête laurée. ℞ GENIO POPVLI ROMANI. Genius et aigle. — MB. C, 1.

339 **Hélène**. Buste drapé. HELENA N F. ℞ Étoile dans une couronne. — PB. C, 8.

340 **Valérie**. Buste drapé et diadémé. GAL VALERIA AVG. ℞ Vénus tenant une pomme. VENERI VICTRICI OMH. Cohen, 9. — ℞ Le même, sans le monogramme. Lettres grecques dans le champ. C, 5. — MB. 2 p.

341 **Romulus**. ℞ Mausolée. AETERNAE MEMORIAE. — MB. C, 9.

342 Tête nue. DIVO ROMVLO NVBIS C. ℞ Le même. — PB. C, 8.

343 **Licinius père et fils**. Bustes laurés en regard, tenant une figurine de la Fortune. ℞ Jupiter et la Fortune. IOM ET FORT CONSER DD NN AVG ET CAES. — MB. C, 1.

344 **Fausta**. Buste drapé. FAVSTA N F. ℞ Étoile dans une couronne. PB. C, 16. — ℞ SPES REI PVBLICAE. PBr. C, 12. — 3 p.

345 **Constantin II.** Tête diadémée. ℞ Victoire à g. CONSTANTINVS AVGVSTVS. — Arg., C, 18.

346 **Constance II.** Tête diadémée. ℞ La Paix à g. CONSTANTIVS CAESAR. *Inédite.* — Or, troué.

347 **Népotien.** FL NEP CONSTANTINVS AVG. Buste cuirassé et diadémé. ℞ VRBS ROMA. Rome assise à g. — MB. C, 4.

348 **Vétranion.** ℞ CONCORDIA MILITVM. L'empereur tenant deux enseignes. — MB. C, 4.

349 **Constance-Galle.** DN CONSTANTIVS NOB CAES. Tête nue. ℞ VOTIS V MVLTIS X dans une couronne. — Arg., C, 14.

350 **Jovien.** ℞ VICTORIA ROMANORVM. L'empereur tenant un étendard et une petite Victoire. — GBr. C, 20.

351 **Flaccille.** ℞ SALVS REI PVBLICAE. Flaccille debout. — MB. Coh., 7.

352 **Maxime.** ℞ REPARATIO REI PVB. Maxime relevant une Ville. MB. C, 14. — 3 p.

353 **Eugène.** DN EVGENIVS PF AVG. Buste cuirassé et diadémé. ℞ SALVS ROMANORVM. Rome assise à g. — Arg. *Inédite.*

354 ℞ Victoire à g. VIRTVS ROMANORVM. — PB. Coh., 12.

355 **Victor**. ℞ SPES ROMANORVM. — PB. C, 7.

356 **Anthème**. DN ANTHEMIVS PF AVG. Buste casqué de face. ℞ SALVS REI PVBLICAE. Deux soldats tenant la croix chrétienne. — Or. C, 5.

357 **Jules Nepos**. DN IVL NEPOS PF AVG. Buste casqué de face. ℞ VICTORIA AVGGG. Victoire tenant une croix. — Or. C, 2.

358 **Basiliscus**. DN BASILISCVS PF AVG. Buste casqué de face. ℞ Le même. — Or. Sabatier, pl. VIII, 14.

---

359 Constance II, Valentinien Ier et Valens. — Arg., 20 pièces. Fleur du coin.

360 Monnaies romaines non décrites.

STRASBOURG, TYPOGRAPHIE DE G. FISCHBACH